I0525146

POETA Y ESCRITORA MARLA RODAS

Voces de la Humanidad...

CREAR Y DESPERTAR CONCIENCIA

#JEL

Jóvenes Escritores Latinos
info@jelusa.org

*#JEL - Creando Activistas
a Través de las Letras*

Agradecimiento a:
Fotografías: Producciones Mardo Lopez
(323)413-6493 mardoqueolz88@gmail.com
youtube/Facebook Mardoqueo Lopez
Diseño gráfico: Frank Lugo franklug@gmail.com
Pintura por: Franklin Ramírez
juanfranklinramirezmendoza@gmail.com
Indumentaria maya prestados por: Evita Dubon (323)
742-5859

Padrinos del libro: José Ventura y Alicia Canuz Ventura
Aj chak patan (Guías Espirituales Mayas) Oh Bitol
Tz'aqol, Uk'u'x Kaj, Uk'u'x Ulew, Mal'tiox ru na'naoj, ru
chombal Marla. Tewuchij la ru wuj rech sik'inik. Oh
Bitol Tz'aqol, corazón del cielo, corazón de la tierra, le
damos gracias a la sabiduría y pensamiento de Marla y el
privilegio de poder compartirlo.

ISBN: 978-1-953207-08-1 (Segunda edición)

Prólogo

Desde las montañas de San Marcos hasta los rascacielos de Los Ángeles, California USA, cruzaron los sueños a través de una maravillosa pluma llena de encanto y amor por la vida.

Así es la escritora Marla Rodas, quien, a través del versar maravilloso, ha plasmado entre los renglones de cada una de sus obras exquisitos versos llenos de verdades innegables de la vida misma. En Estados Unidos de América crea la Fundación Guate Escribe, una fundación sin fines de lucro. Su enfoque primordial es la educación y llevar un granito de maíz a niños de la zona rural de su pueblo natal Malacatán. Demostrando su amor a través de su arte por la niñez de su país.

Que mejor que Marla Rodas ha hecho verbo aquello que plasme en mi obra y que describe a la perfección su personalidad y el corazón de ella "El verdadero poeta es aquel que hace de su vida su mejor verso"

Víctor Hugo Rodas Vásquez
Escritor, director de teatro, poeta y actor
Guatemala.

Significado de la portada

Gracias a la colaboración de doña Evita Dubon que amablemente confió la indumentaria maya en manos de la escritora, para poder realizar la sesión de fotos.

Después de varios intentos fotográficos para crear la portada y sin lograr la idea que la escritora deseaba, decidió aportar arte en su cuarto libro.

Su idea fue plasmada en una pintura realizada por el maestro Juan Franklin Ramírez Mendoza originario de Santiago de Atitlán, Sololá, Guatemala (Hermano de la señora Concepción Ramírez, más conocida como "La Choca", por ser el rostro de la moneda de 25 centavos de Quetzal), teniendo la pintura deseada, el fotógrafo profesional Mardoqueo López y su equipo, realizaron la fotografía de dicha pintura. El arte de la portada fue terminada por el diseñador gráfico Frank Lugo.

La portada tiene mucho significado:

La mujer de rodillas con la indumentaria maya original de Santiago de Atitlán es la escritora. Significa el impacto que causa las súplicas de la mujer ante tanta injusticia, también representa nuestra cultura guatemalteca. (Fuego, agua, tierra y aire)

El fuego significa el daño que le hacemos a la naturaleza (tierra). El agua es vida.

Que Dios se apiade del mundo, el ser humano lo destruye de a poco.

DESCRIPCIÓN DE VOCES DE LA HUMANIDAD

Marla, como las águilas, subió al firmamento para verlo todo, cerca de Dios, a fin de saber cómo proteger a la madre tierra que se había transformado en un caos, en que los matices de sus atardeceres han sido ensombrecidos por el deterioro del medio ambiente, guerras regionales, crimen organizado y desorganizado, corrupción desbocada, impunidad, interminables caravanas de migrantes, una sociedad descompuesta en su armonía y harta de demagogia, elementos que le están ganando la batalla a los frescos y aromáticos amaneceres, en diferentes partes de este mundo tan convulsionado en que todos somos uno. Así, ella inició una nueva batalla.

Voces que, sin lamentos, pero con buena prosa, dicen lo que siente la humanidad. Dignidad que no se avergüenza por los gritos que emite cuando en vida está muriendo, por la hipocresía e impunidad que prevalece en la humanidad. No más lágrimas le pidió el corazón, que trata de refugiarse en la justicia que no llega y que descalza vaga por el mundo en busca de la felicidad y no obstante que se le escondió, por fin ha sido atrapada por su corazón enamorado. Musa que, sin buscar, encontró los besos que son caricias del corazón, que se deslizan suavemente al compás de sus latidos, incendian la pasión y se inmortalizan en el alma. Así es el amor y así es **Marla** en **Voces de la Humanidad.**

Lic. Hugo Rene Oliva Romero

LA FELICIDAD NO SE COMPRA CON NADA,
NI LA DEFINE NADIE,
ERES FELIZ PORQUE ESA ES TU DETERMINACIÓN.

GRACIAS POR TAN BELLAS PALABRAS
DE SERES EXTRAORDINARIOS.

Desde muy pequeña, (Loren, así le llamamos la familia) ha escrito poemas, incluso en la escuela recité uno de los poemas que más me ha gustado, "MADRE AUSENTE"; es bellísimo y mientras lo recitaba me salían lágrimas y mamá escuchaba que el público se compadeció de mí, pensando que mi madre había muerto. Es un excelente poema.

Admiramos a Marla Lorena, porque a pesar de las adversidades no deja de luchar por sus sueños, por cumplir sus metas, por su valentía al enfrentar los obstáculos y porque, aunque esté lejos de su país natal (Guatemala), no se olvida de sus costumbres y tradiciones, pero sobre todo de su familia y de aquellos niños a quienes con un granito de maíz ha logrado ayudar y hacer sonreír.

Amo a mi hermana Loren, no solo porque es mi hermana mayor, es mi amiga, mi confidente, mi consejera, es incondicional y porque, nos dio la dicha de ser abuela, tío, tías, primos, primas de dos grandes seres humanos como lo son: Abel y Julian, a quienes amamos.

A pesar de los kilómetros de distancia, la amamos con todo el corazón.

Con amor, su hermana Hely y familia en Guatemala

Escribir sobre nuestra querida Marla Rodas, es algo que alegra el corazón. Marla es una mujer que tiene el poder de las palabras para ser la voz de aquellos que deben guardar silencio.

Orgullosa de su cultura y raíces, camina de la mano de la poesía, la inspira la mirada del niño que sufre la pobreza, la obliga a gritar el dolor del hombre que es ultrajado por ser emigrante y la tortura la voz de su alma urgida de dar esperanza y fe a la madre que llora al hijo arrebatado de su regazo.

Por esto y muchas razones más puedo decir que, Marla está inmersa en la gratitud y el disfrute de la vida; es una mujer que va por ahí dibujando sonrisas, su poesía y sus historias son dones que le ayudan a llevar a cabo la misión que se ha marcado en esta vida que es servir a los demás.

Pedagoga y escritora

Reyna Reyes Osorio

Marla Rodas nacida en Malacatán, San Marcos, Guatemala.

Es una escritora que a través de su poesía nos lleva por los caminos de la vida, dando un matiz diferente a cada uno de sus poemas, transportándonos en cada palabra al maravilloso mundo de la nostalgia, algunas veces del desencanto que es lidiar con esto. Da su toque de pasión demostrando su sensibilidad en este su recorrido de vida.

Es una mujer comprometida con su comunidad a la que ama tanto. Cuidar del entorno de lo que dejaremos a nuevas generaciones, es una lucha diaria un gran reto para ella. Por esto y por mucho más, Marla Rodas en su poesía nos lleva de la mano a disfrutar de sus letras.

En esta hermosa obra, disfrutemos de ella con el corazón.

GRACIAS, GRACIAS, GRACIAS Por tanto y por todo.

Sinceramente

Marga Hee

Poeta escritora

A MI AMIGA MARLA RODAS

Prima de los quetzales y la flora, hermana de los montes y los ríos. Novia de todo un pueblo que te adora, hija ausente enfrentando desafíos. Tu como yo, tuviste que alejarte, de tu terruño y tus ancestros. Pero ¡jamás! podrás olvidar los sueños de aquellos y los vuestros. Pendiente vas del sol, de la alborada y con la frente en alto por doquier. Eres de mil poetas ferviente enamorada con tu encanto y tu orgullo de mujer. La luna por las noches te da calma y el amor a tu ser le da pasiones. Eres jovial, madura, fiel, sensata. ¡Eres como la aurora, luminosa! Tienes la fragancia de la rosa, firme en tus decisiones, mas no ingrata. Por eso he de juzgarme afortunado, de entre tus amistades, ser yo uno. Orgullo eres de tu tierra: Guatemala.

Habrá quienes te juzguen con envidia o como digo yo "muy a la mala", pero ¡jamás! te daña la perfidia. Aliada de las letras, los cuadernos, frecuente compañera de las hadas; Lo mismo que en abril y los inviernos, te heredaron su luz, las alboradas... Sangre de mayas por tus venas corre, te alza la frente y no con rebeldía. ¡Oh guerrera incansable! Que toda lucha, te guarde el amor como un escudo. Porque tienes un ángel que te escucha y un guardián infalible, que no es mudo.

Tus versos como el agua cristalina, que libre fluye sin cauce ni fronteras; Honor se ha dicho, a quien honor merece y tu fuente de versos y de rimas, a cada instante como el árbol crece y sombra das a todo al que se te arrima. ¡Nunca te rindas, ni desmayes...Nunca! Gracias te doy como ese fiel amigo:

ATTE: EROS LAND (Poeta, Pintor)

Para mí es enorme honor conocer a tremenda triunfadora, así defino a esa mujer de casta malacateca, por nombre Marla Lorena Rodas.

Tremenda líder y una campeona de casta y temple únicos, le conozco por ser muy emprendedora, amante de las letras y la cultura.

He seguido cada uno de sus proyectos, empresas, he quedado admirado de sus logros y su carisma. Enorme versatilidad, disciplina, afabilidad y ÉXITOS que, a juicio personal, la catalogo como una mujer emprendedora y exitosa.

Lo que sintetizo; una mujer embajadora de cultura con un enorme poder dentro de la sociedad y cultura.

Por algo fue nombrada y ostenta el título de EMBAJADORA DE BUENA VOLUNTAD. Un título muy merecido que define a Marla Lorena Rodas.

Atentamente: Luis De la Vega. Cel. 415 724 0214

San Francisco California, Estados Unidos.

Tenor lírico, actor, conductor, recitador y líder comunitario

La poeta, así describe
Voces de la Humanidad

Escribir poesía, no es solo escribir versos o segmentos de letras,
lleva más que sentimiento, emoción o amor.
Escribir poesía es reclamar con letras, es protesta, es soñar en un
verso.
Conlleva el clamor de millones de voces,
Conlleva lágrimas silenciadas de muertas en vida,
Conlleva dolor de los prisioneros soñadores.
Conlleva tristeza de las malqueridas.

Escribir Poesía, no es solo escribir prosas o fragmentos de palabras
estéticas...
lleva más que armonía y rítmica.
Escribir poesía es crear y despertar conciencia.
Conlleva el grito de las aves,
Conlleva el llanto de la tierra,
Conlleva el desamor al prójimo.
Conlleva clamar justicia.

AGRADECIMIENTO Y DEDICATORIA

Siempre agradecida con nuestro Creador por su Misericordia que son nuevas cada mañana.

Muy agradecida con mis seres queridos por el empuje que siempre me han brindado.

Les dedico "Voces de la Humanidad" como parte de mi gratitud por tanto y mucho. Gracias esposo mío Aroldo Ramírez, por tu amor, paciencia y compañía, gracias por la felicidad que me regalas todos los días. A mis príncipes eternos, Abel y Julian, gracias por la alegría y el amor, que es mi motivación del diario. Christopher Ramírez por tu cariño y respeto. A mi hermana Hely que nunca ha dicho "NO" a mis sueños y siempre ha estado incondicionalmente cuando más la he necesitado, siendo mi motor de arranque cuando ya no quiero seguir. A mis hermanas Mayra, Adilia, Guisela y mi hermano Arturo por su cariño. A mi madre Reina Rodas, a mi tía Esmirna, sobrinos y sobrinas, primas y primos. Y hasta el cielo con un profundo suspiro, a mis viejitos Arturo y Julia y a mi querido primo-hermano Adoni Rodas. Agradezco a la Activista Miriam Burbano por su guía y ayuda durante esta publicación. Gracias Hada Madrina (Marga Hee) por ser el pilar importante en mis momentos de desplome, a mis amistades por su invaluable cariño.

Mi vida no es un poema, sin embargo, escribo poemas de la vida, mi vida tampoco es una ficción, es una realidad que no se escribe.

La poesía no tiene tiempo, no tiene muerte, vive en quien la lee.

Nunca dejes de brillar y menos por alguien que ni a candil llega.

El riesgo

¡El riesgo es parte del vivir,
sin duda una expresión con grandes riesgos!
Se repite en conferencias de éxito
"El que no arriesga no gana"
Tenemos que tomar en cuenta
que no solo es una frase de motivación,
sino una manera que hay que llevar a la práctica.

El riesgo no solo es "LEVÁNTATE"
Es actuar y sacrificar el dulce sueño de la mañana
y continuar dejando hecha tu cama,
un reto muy arriesgado para hacerlo rutina.
levántate a realizar una agenda de actividades,
aunque lleve riesgos
se puede lograr en la constante lucha del diario vivir.

¡Arriesga en el negocio que has soñado!
Si pierdes económicamente,
te aseguro que vale la pena la experiencia,
porque los conocimientos de la vida no tienen precio.
Es un aprendizaje para toda la vida
los errores, no volverás a cometerlos.

¡El riesgo al amor!

No importa cuántas veces hayas fracasado en el amor,
nunca pierdas tu esencia de amar
siempre da el cien en cada beso
en cada abrazo, en cada mirada, en cada todo.

¡El riesgo de soñar!
No importa el tamaño de tu sueño,
comienza con un nombre
arriesga a realizarlo.

¡El riesgo de vivir!
No dejes para mañana
lo que puedes hacer hoy y ¡VIVE!
a tal grado, que no te quede ningún deseo
por realizar en el día a día.

¡Nunca te olvides de sonreír!
porque no sabes si mañana
te falte un diente o no llegues a sonreír más.
¡Recuerda! que el riesgo de sonreír te saca arrugas
pero tus selfies son las mejores, porque eres feliz.
"El riesgo es un reto"
**Cuando te odian, quieren opacar tu talento, lanzando
palabras al viento.**

Las águilas

Las águilas sacuden sus alas,
vuelven a remontar el vuelo.

El dolor fue la fuerza al cambio,
han renovado su plumaje
vuelan con elegancia.

Sus garras volvieron a nacer,
potentes son
para sostener sus sueños.

Renuevan su pico
como punta de acero,
para alimentarse de lo bueno.

Las águilas renovadas,
¡Alzan el vuelo, aún más alto!

"Abraza a la sabiduría y adquiere inteligencia"

Vuelvo

Vuelvo a retomar la lectura
vuelvo a nutrirme de letras
vuelvo a adueñarme de mi identidad.

Vuelvo a llenarme de vida
vuelvo a disfrutar del aire, de las flores
vuelvo a soñar mis propios sueños.

Vuelvo a sacudir mis alas
vuelvo a levantar la cabeza y mirar el cielo
vuelvo a tomar mi independencia.

Vuelvo a mirar lunas llenas
vuelvo a reflejarme en el sol,
vuelvo a desempolvar mis estrellas.

Vuelvo a sonreír por las mañanas
vuelvo al campo de la fantasía,
vuelvo a encontrarme con mis anhelos.

Vuelvo del abismo
vuelvo del polvo
vuelvo del lodo
¡Vuelvo al Paraíso!

***¡Cuándo una persona se va de tu vida, se va la persona
no tu vida!***

La otra mitad

Necesitamos a alguien
que nos ame y amar
que nos necesite y necesitar
que nos respete y respetar
que nos valore y valorar.

Necesitamos a un cómplice
que seamos su prioridad
y sea nuestra prioridad
que seamos su apoyo
y sea nuestro apoyo.
Que llore nuestra tristeza
y llorar su tristeza.

Necesitamos a otra mitad
que ría nuestra alegría
reír su alegría
que nos cuide y cuidar
que nos consienta y consentir.

*"Nadie es sobra de nadie; sólo lo puede pensar, alguien que se
considere desperdicio".*

Poeta

¡Poeta!
Vives realidades cuando escribes
¡Poeta!
Escribes momentos fantasiosos.

¡Poeta!
Despiertas conciencia con tus letras.
¡Poeta!
Vives historias de otros.

¡Poeta!
Con poesía quieres cambiar el mundo
¡Poeta!
llevas al humano a otra dimensión.

¡Poeta!
le escribes al amor, al viento, al mundo
¡Poeta!
De cuento, de historia, de verso.

¡Sencillamente soy tu poeta!

¡No hay mejores verdades que en poesía!

Tenés que conocerme

Tenés que conocerme profundo
para entender mis misterios
tenés que ver más allá del físico
para saber lo que me hace feliz.

Tenés que caminar mis adentros
para consentirme con delicadeza
tenés que conocer mi historia
para criticar mis amarguras.

Tenés que saber mucho de mí
para entender lo que llena mi alma
tenés que ver mis ojos
para leer mis pensamientos.

tenés que saber interpretar mis palabras
para entender un te amo
tenés que conocer tan siquiera algo
para poder entender mis arrebatos.

Algo de mí, para conquistarme
con la sencillez de un detalle.
El detalle está, que no me conocés
¡No sabés mi nombre completo!

¡Conozco tus remiendos, no vengas a costurarme!

Fin de año

Se habla tanto del final de año,
De las 12 uvas, del paseo con maleta
del huevo en la copa de agua
de lo que dice el Profeta.

Se planea tanto el final de año
viajar a otro lugar, bailar, llorar.
¿Dónde terminar esas últimas horas?
Correr por ser feliz y abrazar.

Ya falta poco, un año más termina
las alegrías son notables.
En el último día del año,
la mayoría son amables.

No termina la vida, termina un año
la fiesta inicia en punto de las 12 am
Año Nuevo, todo nuevo.
Sigamos festejando día a día
no dejemos para luego.

¡Vivamos el hoy! Regalemos flores hoy
amemos hoy.
No perdamos un momento
para estar felices.
¡Es hoy! No el día de mañana.
Lo que hagas hoy
es tu reflejo del mañana, tu historia del pasado.

Hay primaveras

¡Hay primaveras que inician con muchas flores!
¡Hay primaveras que inician con sus flores marchitas!

Que tu primavera comience con un ramillete de sonrisas
en vez de lágrimas.
Que tu primavera inicie con un jardín de sueños en vez
de depresiones.

¡Qué esta primavera! Esté llena de frescura...
El rocío de sus mañanas
te anime a energizar tus días.

Disfruta de una primavera más
disfruta el color, el aroma, de las flores
del sol y sus matices
respira profundo...

Escucha el eco del ruiseñor.
Que los inviernos ni los otoños
no lleguen en primavera.

*"Tus acciones, tus expresiones, tus pensamientos, tus deseos, es lo
que siente tu corazón y piensa tu mente"*

Vamos a escribir cartas

Sería hermoso retomar hábitos antiguos
despojarnos de la tecnología
volver al tiempo de antes.
Escribir cartas a mano
enviarlas con estampilla.
Publicar cuentos, también poesía
en el periódico de la ciudad.

Hoy en día la gente a perdido
los buenos hábitos de la sociedad.
Se perdió el concepto de la plataforma digital
ahora las redes sociales son instrumento,
para difamar a diestra y siniestra.
¡Calumnian por esos medios
porque de frente, cara a cara
no tienen la capacidad de hacerlo!
Son capaces de destruir nombres
de personas distinguidas,
respetables y admiradas,
porque ellos no son dignos de respeto
mucho menos de admirar.

Da pena y vergüenza ajena,
tener que ver sus caras de cínicos
todo lo que dicen son el reflejo
de la pobreza de su corazón,
la bajeza de lo que ellos son.

¡Volvamos a escribir cartas!

Derechos reservados

Tenemos derecho a leer lo que alguien escribe
sin robarle su autoría.

También hay derechos reservados
en la vida personal de todos,
cuando estamos en una relación de pareja
estamos expuestos a la tentación,
pero debemos recordar
que hay derechos reservados al compromiso.

Tenemos derecho a acompañarnos
de la amistad de cualquier género
pero sin cruzar la línea
del respeto a los derechos reservados.
La evidencia es más que clara
no hay que robar la tranquilidad de los demás,
especialmente cuando hay derechos reservados.

¡Yo también tengo mis derechos reservados!

¡Sobrevive la magia al respeto!

Frustración

Las personas repiten tantas palabras,
pero ninguna ponen en práctica
la moral está por los suelos
critican sin ver su aspecto.

¡No sé qué es lo que siento!
son sentimientos mezclados
callar mi enojo por coherencia
o decir verdades que hieren.

En ocasiones digo lo que siento
y los enemigos me llueven
hasta los más cercanos les molesta
¡No aceptan sus errores!

Al no complacer, no dejarme pisotear
soy la mal agradecida, soy la mala,
pero si les doy por su lado
soy hipócrita sin escrúpulos.

Quién entiende las mentes cerradas
son la larva de la sociedad
son dañinas, pero necesarias.

El resentimiento envenena la sangre.

¡Violencia doméstica, no se trata sólo de
golpes físicos!
¡Conlleva maltrato psicológico, emocional,
económico!

Llora alma

Llora tan fuerte puedas
suelta tantas emociones acumuladas
que los vientos te escuchen.

Llora con el corazón abierto
libera el alma de nostalgia
que las olas del mar lloren contigo.

Llora a grito tendido
suelta la tristeza de antaño
que las montañas sollocen a tu lado.

Llora hasta quedarte sin ojos
limpia tus adentros
hasta renacer con nuevos amaneceres.

*"No menosprecies la escuela de tu pasado,
hay lecciones que no tienen calificación".*

Mujer fuerte

Mujer de ojos altivos
no llores de cobardía
seca tus lágrimas con la justicia
llena tu mirada de verdades.

Mujer de labios desnudos
no calles por la amenaza
alza la voz por "las burladas"
Que no enmudezca tu boca.

Mujer de manos aguerridas
no pierdas el poder de luchar
vuelve a sostener tu estandarte
eleva tus manos al Altísimo.

Mujer de pies descalzos
no dejes de caminar por tus ideales
retoma el camino de la sensatez
deja huella con tu buen ejemplo.

Mujer de corazón enamorado
no cierres las ventanas de la alegría
abre las puertas de la felicidad
ama intensamente, no importa el mañana.
Mujer de alma transparente
que no te desgaste el qué dirán
deja fluir la buena voluntad de tu ser
¡La venganza es de Dios...!

Alto a tu violencia doméstica

Tu arma perfecta antes de la conquista
alardear con tus finas atenciones,
esconderte en un perfil dócil.

Enamorar con tus historias vanas
hacerte amigo dependiente,
sin mostrar tu piel de lobo...

Brindas tu apoyo incondicional
hasta lograr el objetivo,
tu sonrisa esconde lo perverso.

Nadie puede identificar tus intenciones
tu mirada lleva la condena.
Aparentar ser buena gente, es tu escondite.

Tu arma perfecta después de la conquista
la intimidación, la manipulación...
Querer hacerme sentir vulnerable,
quebrantar todas mis emociones.

No pretendas fingir lo que no eres,
vas por el mundo sembrando dudas,
cuando te sientes descubierto
ensucias mi nombre, mi imagen.
¡Fabricas tus propias trampas
dañando mi integridad, mi decencia!

Conmigo te equivocaste de víctima,
no supiste qué hacer con mi inteligencia,
tu astucia, ¡No superó mi sexto sentido!

Has burlado tu propia cobardía
te quedó grande mi amor propio.
Mi fortaleza, mi valor,
debilitó las cadenas del miedo.

Le puse un alto a tu maltrato,
hay soluciones ante un juez.
¡La verdad!, camina con pies de plomo.

Sin embargo, en el camino,
buscarás víctimas vulnerables,
creerán en ti, creerán a ciegas,
seguirás hiriendo a muerte,
¡Seguirás alimentando tu ego!

*"Arrepentimiento no es cuando se llora,
arrepentimiento es cuando se cambia"*

Quisiera entender

Quisiera conocer tu motivo
entender las razones de tu enojo
verte a los ojos y que me digas,
¿Por qué tu odio?
¿Por qué me atacas sin conocerme?

Quisiera saber ¿Qué te he hecho?
Ver tus muecas cuando hablas de mí,
¿Por qué te ocultas entre las sombras?
¡No creo que seas de lo peor!

Quisiera entender tu rabia conmigo
entender ¿Por qué me insultas a escondidas?
Cuáles son los motivos reales,
para criticarme tras mis espaldas.

Quisiera saber ¿Qué te duele de mí?
saber ¿Por qué me tienes envidia?
Tanto daño te hace mi talento,
tanto te molesta mi inteligencia
mis valores, mis principios,
mi cordura… ¡Completa YO!

Quisiera saber ¿Cómo ayudarte?
quizá te oriente a ser feliz,
lo material no lo es todo en la vida.
Me compadezco ante tu desgracia
quizá debas ser, una pobre infeliz.

Mujer

Si te aparece un hombre,
con récord de violencia doméstica,
CORRE TAN RÁPIDO COMO PUEDAS
SI ES LEJOS MEJOR,
que no te convenza, casi todos son culpables,
casi nunca hay inocentes.
No creas en un hombre que hable mal de sus ex...
SEGURAMENTE ÉL,
ES UN VERDADERO CRIMINAL.

Mujer:
Antes de salir con un hombre...
Que no te impresione su amabilidad,
su cortesía, su sonrisa,
porque detrás de todo eso;
(Pueda ser que se esconda un depravado sexual,
que grabe tu intimidad
y sólo te utilice para ese propósito)
Por seguridad, no permitas
que ningún dispositivo con cámara esté cerca,
cuando hay intimidad.
(Pueda ser que sea un maltratador psicológico
que después de enamorarte te maltrate)

Mujer:
Si eres vulnerable
por cualquier circunstancia que hayas vivido
y estás sin pareja,

te recomiendo que busques ayuda profesional.
No te involucres en una relación sentimental,
porque los violadores domésticos es lo que buscan,
víctimas con ese PATRÓN.

Mujer:
No permitas que nadie
te abuse de ninguna índole.
No te quedes callada
le das poder a tu victimario
te seguirá maltratando.

¡DENUNCIA!

Si estás, o crees que pudieses estar
en una relación de maltrato,
llama a la Línea Nacional Gratuita
obtendrás información y apoyo.

Hay momentos…
que ya no te puedes sostener en pie,
sientes que te caes…
Sin embargo, la Misericordia de Dios está para sostenerte.

En vida

No quiero llantos en mi ataúd
ni flores en mi tumba
ni rosario, ni velorio.

Enterrame de golpe
como lo hiciste en vida
sin remordimiento, ni conciencia.

¡No quiero hipócritas llorando!
ni lamentos, ni perdones
no quiero lápida, ni nombre.

No quiero canciones de sufrimiento
en vida las padecí todas,
¡Dejame descansar en paz!

*"Una carta de suspiro,
de olvido, de despido"*

Te conviene estar solo

Te conviene estar solo,
para discutir contigo mismo, pelear con tu estupidez.
Te conviene estar solo,
manejar como desquiciado, sin que nadie te corrija.
Te conviene estar solo,
para que cocines a tu antojo, comas con cualquiera
sin dar explicaciones.
Te conviene estar solo,
para que laves tus trapos, nadie hace tanto trabajo
menos por amor.
¡Malgasta en la tintorería!

Te conviene estar solo
para coquetear a tus anchas, sin ocultar tu vida de pareja,
sin dañar a terceros, cuartos o quintos.
Te conviene estar solo,
sin fingir tu soltería, te gastes lo que no tienes
en aquello que no te trae beneficio.
Te conviene estar solo,
meditar en tus errores, morirte en ellos, si quieres
o revivir en tu conciencia.
Te conviene estar solo,
para insultarte a ti mismo, aparentar lo que no eres
esconderte... en tu máscara de mentira.

Te conviene estar solo,
huir por las noches de tus temores, regresar de madruga,
sin tener a nadie que te cuestione.

Te conviene estar solo,
disfrutar de aquellos placeres carnales,
una carnita al aire por quincena
nadie se dará cuenta de tu impotencia,
pero gastarás más, que una renta.

Te conviene estar solo,
para que te aguantes tu mal humor,
para que te rodees de hipócritas
y disfruten tu derrota.

Te conviene estar solo,
para tener plena libertad de conversar
recibir llamadas por teléfono
textear, feisbuquear ¡Sin ignorar!
Te conviene estar solo,
Sin que nadie escuche tus amoríos
y pierdas tu tiempo en la fantasía.

Te conviene estar solo,
para que converses contigo, de tus miedos
y no me sigas haciendo daño.

Aprende a no maltratar ni a tu amiga, novia, esposa, hermana,
hija y menos a tu madre.

Tanto es cansado

Tantas cosas hermosas por hacer juntos
tanto que hablar, tanto que expresar
tanto que disfrutar ¡Tanto, tanto!

Tanto que hacer cuando hay amor
tanto que darnos a manos llenas
tantos arcoíris que dejamos de vivir.

Tantos paréntesis que utilizas
para evadir los tantos momentos,
tanto escondes, tanto te condenas.

Tanto por recompensar a la vida
tantos pretextos para huir,
tanto va el agua al vaso
que termina rebasado.

Tanta espera de tanto de nada
¡Es luto, es ausencia!

"No pierdas minutos en hacer planes,
disfruta los minutos.
La vida se va en un minuto,
no hay planes... Sólo una determinación en un minuto"

Allí estaba

Allí estaba... ¡Tan tranquilo!
Como si fuese un Ángel caído del cielo,
como si no matara ningún insecto.
Yo estaba... ¡También tranquila!
Como si no hubiese escuchado,
como si no supiera sus mentiras.

Allí estaba... ¡quejándose de su desgracia!
Reventado de enojo por su desdicha,
renegando y renegando.
Yo estaba... ¡Consolando sus angustias!
Pensando que Dios es justo,
castigando y castigando.

Allí estaba... ¡Sin poder verme a los ojos!
Dando vueltas como murciélago,
avergonzado por su engaño.
Yo estaba... ¡Dándole besos y abrazos!
Incluyendo mis bendiciones,
cuando marchaba a trabajar.

Allí estaba... ¡Tan nervioso!
Como incrédulo de mi cariño,
como remordiéndole la conciencia.
Yo estaba... ¡Sonriente de soberbia!
Como las águilas en las alturas,
como una de ellas ¡Que todo lo ven!

¿Por qué mientes?

¿Por qué mientes?
Cuál es la necesidad de engañarme,
he sido transparente contigo
solo envenenas mis adentros.

¿Por qué mientes?
Quisiera saber esa enfermedad de mentir,
me repugna cada excusa
una mentira más a tu colección.

¿Por qué mientes?
¿Por qué me haces daño?
Me hieres cada vez más fuerte,
¿Qué te he hecho para que me lastimes?

¿Por qué mientes?
Si lo único que hago es hacerte feliz,
¿Por qué me rompes el corazón?
Destruyes mi confianza.

¿Por qué mientes?
Se pueden hacer realidad tus mentiras,
no me mientas por favor...
¡Algún día solo te quedarán mis recuerdos!

Te vendiste ante mi olfato, como la mejor esencia.

Luz ámbar

Es claro el mensaje
las luces ámbar parpadean,
tratar de ignorar, es otra cosa.

La indiferencia, el cansancio
señales tan palpables,
hay que girar el volante a otra dirección.

Aburrimiento, desconfianza,
palabras sin sentido,
conversación forzada,
acusaciones, intimidación.

¡Alerta!

Las luces ámbar siempre alertan,
no hay que arriesgarse
a que cambie a luz roja.

¡Frenar!, al amor a tiempo,
es menos doloroso
que un choque a muerte.

*"Tengo tantas cosas buenas por hacer,
no tengo tiempo para detenerme a ver tu maldad"*

Tus veces

Hay veces que me haces tan feliz,
esas veces, quisiera que fueran eternas.
Otras veces me ignoras a tal grado,
pienso que eres otra persona.

Hay veces que me besas intensamente
que no quisiera que pasara el tiempo.
Otras veces me ves con desprecio
que confundes mis sentimientos.

Hay veces que me amas sin límite
esas veces me enamoro un poco más.
Otras veces siento tu descontento
es cuando quisiera tirar la toalla.

Hay veces que me llenas del todo
otras veces no sé ni quién eres.
Hay veces que me ilusionas completa
otras veces desvaneces mis emociones.

Hay veces que quieres todo conmigo
otras veces me dejas en el abandono.
De todas las veces con tus cambios
hay veces que el cansancio tiene final.
¡Hay veces que la rutina, no se vuelve costumbre,
esas veces te cansa la existencia!

"Los patanes andan sueltos"

Despedida del salón

Nos encontramos en un salón común
con circunstancias de diferentes matices,
obligados a cumplir lecciones de vida.
Cada semana era una historia diferente,
¡Algunos!, casi por terminar su condena
¡Otros!, recién llegados a su larga travesía.
Se tornó amena la clase no deseada,
el toque esencial lo daba la maestra
de carácter fuerte, con sensibilidad de ser humano.
Me llevo el aprendizaje de cada uno,
cada historia me enseñó a ser mejor
mirar la vida sin apego ni complejo.

Aprendí a dominar mi carácter explosivo
lloré con ustedes sus historias,
reí con ustedes sus aventuras.
Me voy acostumbrado de esta clase
mi clase de violencia doméstica.
He cumplido mi estadía con ustedes
he tenido grandes lecciones de vida
no repitamos los mismos errores,
respiremos antes de actuar.
Le dejo mi respeto por sus consejos
a quien fue nuestra instructora,
mucha gratitud por su tolerancia.
Un afecto sincero para ustedes compañeros.
¡La vida es una y cada día una oportunidad,
disfrutemos a diario una vida sana!
La violencia doméstica debe terminar.

Mitómano

El mitómano es adicto a la mentira
mira a los ojos y jura que es verdad,
miente con naturalidad, sin tregua.

El mitómano busca con su mentira
la aceptación de todo el mundo.
Sus bajos niveles de autoestima
compensar quiere, con sus engaños.
El mitómano es un enfermo mental
no cualquier embustero es mitómano.
Su mentira está ligada con la demencia
y con una marca de personalidad.

No se sabe de dónde se produce
sin embargo, tiene síntomas claves
el bajo nivel de su autoestima,
quizá alguna condición en su niñez.

El mitómano necesita someterse a terapia
igual como cualquier adicto,
también tiene sus recaídas
el paciente necesita poner de su parte.

El mitómano no reconoce su problema
termina siendo un Don Quijote
creyéndose su propia mentira.
El mitómano se crea un mundo propio
donde él, es el héroe de sus historias,
¡Algunos!, ya no regresan a la realidad.

¡Los corazones solitarios, son corazones solidarios!

Mi Lamento

No pierdo la vida por mi cobardía
la dejo a cambio de mis quejas,
no pedí vivir en un mundo corrupto
ni tener padres irresponsables.
Hoy muero por mi dignidad
a gritos pedí socorro por mi tortura,
no hay oídos a mi lamento
a nadie le importa mi condena.

A mi corta edad viví el infierno
no fue el infierno de las llamas,
viví el infierno de la violación
el infierno del maltrato a mi derecho,
mi refugio fue mi peor pesadilla.

No encontré alivio a mi dolor
fui una más con voz callada,
mi queja ha quedado calcinada
mis suspiros quedarán al olvido.

Es mejor morir que vivir muriendo
¡Mi refugio!, mi holocausto en vida,
nada queda por temer,
mis opresores estarán en libertad.
Era evidencia y testimonio vivo
no habrá denuncia ni culpables,
solo flores a mi tumba, tal vez un rosario.
¡Otro caso que quedará impune!

Crueldad

El poder del amor movió una decisión
reforzada por falta de oportunidad,
sin medir el riesgo se lanzó a la aventura.

¡La despedida!, en un eterno abrazo
llanto de tristeza por la ausencia.
Entre suspiros susurraron bendiciones
para el camino de su doncella.

¡Ella solo deseaba abrazar a su amor!

Se llenó de ilusiones y de sueños
como cualquier jovencita de su edad,
quería darle un mejor futuro a su familia.

Ella quería cambiar el destino
buscaba una oportunidad de progreso,
expuso su vida al peligro.

Ella soñaba con una mejor vida
como los que salimos de nuestra tierra,
sin pensar en las consecuencias.

Caminar valles y desiertos
cruzar praderas y ríos,
¡Espinarnos la vida!
Es una mínima parte... de la lucha.

El futuro cambió de un momento a otro
la mataron a sangre fría, con ventaja y alevosía,
¡Mataron sus ilusiones!

Un disparo de injusticia
paralizó a todo un pueblo,
revivimos el enojo
por la causa de nuestra partida.

Estamos fuera de nuestra Patria
por tantas circunstancias,
no venimos a hacer daño.

Ella sólo quería realizar un sueño
reunirse con su amado,
proveer bienestar a los suyos.

Una víctima más del mal gobierno
de la inseguridad, del desempleo,
¡Otro caso!, para ser engavetado.

El argumento inventado,
no libera la culpa.

Volcán enfurecido

¡Enfurecido por tanta maldad!
Despierta en llanto…Su fuego es ardiente
no deja de llorar.
¡Enfurecido contra los malos!
Los más necesitados, pagan las consecuencias.

¡Enfurecido por el dolor de la madre tierra!
Arroja su suspiro, en temibles asfixias
¡Ruge como león herido!, desde sus entrañas.
¡Enfurecido clama justicia por los caídos!
Vuelve a respirar profundo ¡Vuelve a llorar fuego!
Ceniza candente, son sus lágrimas.

¡Enfurecido se ciega de tristeza!, llora y llora.
Su llanto fulmina sin piedad, a quien lo ve llorar.
¡Muere la inocencia, muere la ternura
¡Mueren los héroes, mueren los dignos!

La majestuosidad de su hermosura
se ha tornado en un tenso gris,
se le arrugó la frente de enojo.
Sacudió con fuerza su cabeza y lloró de rodillas.
Sus brazos se extendieron para abrazarlos
quiso proteger a los más débiles,
fue en vano su esfuerzo.

Praderas de verdes montes, se tornó en pantano,
¡Se llenó de muerte!

Se quema

Se quema Petén
se quema nuestra Historia,
se quema nuestra Guate
se quema nuestra Gloria.
No hay cuidado para un niño
menos para la fauna y la flora
se acaba nuestro patrimonio,
no hay agua, para la cantimplora.

Se quema la Biosfera Maya
se quema nuestra cultura,
se quema nuestros orígenes
se quema nuestra hermosura.
El borde de la destrucción
avanzó a pasos agigantados,
han matado con soberbia
tienen nombre los desgraciados.

Se quema la naturaleza
se quema la conciencia,
se quema cada inocente
se quema la paciencia.
Sobreviven los derechos humanos,
para todo delincuente
Ejecutivo, Legislativo y Judicial
cada día más frecuente.

"La falta de oportunidad genera delincuentes"

Tanto alboroto y nada hacen

¡Tanto alboroto en las redes sociales
tanto sufrimiento, tanta rabia!
Sin embargo, pasa un tiempo
se calman las aguas y nadie tiene memoria.

No hay seguimiento a las tragedias
¿Cómo están las víctimas, los afectados?
Después de la frustración
salen los memes para aliviar el ego,
nadie dice nada, todos callan.
¡Esperan por otro acontecimiento!

*[El ser humano denuncia los errores del menos afortunado, solapa
los grandes delitos]*

Todo al olvido

En las redes sociales
sólo hablan del mal presidente
de la corrupción y sus derivados.
Se muere la gente
hay inundaciones, balaceras,
¡Huele a muerte!, nadie dice nada.
Quedan olvidadas las tragedias
vuelven a la rutina del chisme,
hacen alarde de todo y nada hacen
¡Menos de dignificar!
Se jactan en ser buenos ciudadanos
buenos líderes,
comen y chupan con los malos.
¡Todo al olvido!

Se escuchan los lamentos
enfermos sin medicina,
huelgueros con sueldo, niños a medias letras.
Golpes de pecho
se despedazan como hienas,
zopilotes velando las migajas.
Universitarios urgidos de trabajo
sólo cuello blanco en los puestos,
el talentoso y chispudo ¡Al margen!
En las redes sociales,
sólo se habla de quién a robado más,
¡Se alborota la competencia!

Hemos perdido la conciencia, no la hemos creado en nuestra nueva generación.

Extinción

Volaba la mariposa muy distraída
no encontraba lugar seguro para posar,
el cansancio la agotó por tanto volar.
Sus alas se desvanecieron
sin poder controlar la caída,
su cuerpo cayó sobre extrañas criaturas.

Asustada sacudió sus alas
se aseguró que no estuviesen dañadas,
se percató que no estaba segura.

Examinó el área donde se encontraba
no había agua para saciar su sed.

Sus patitas las habilitó para caminar
el cansancio impidió retomar el vuelo,
tenía miedo de perder la vida.

En el camino encontró a una abeja
estaba como muerta sin respirar,
cerca de la única flor del entorno.
Con sus alas cansadas
aire le pudo brindar.

La abejita aturdida preguntó
¿Qué le ha pasado al mundo?
Las pocas flores están contaminadas,
predomina la basura por doquier.

Los humanos destruyen al planeta
no podré hacer miel para ellos,
mis hermanas están muriendo.

Están escasos los bosques
las flores se extinguen,
no hay conciencia de la destrucción.
¡Gracias, amiga mariposa
por salvarme la vida!
Caminemos juntas sin perdernos.

Estaba tan sucio el camino
no encontraban la salida,
vieron a un pájaro ahogarse
no supieron qué hacer.
Con tanto esfuerzo por vivir
el pajarito pudo respirar.
La mariposa con la abejita
se acercaron a preguntar;
¿Qué te ha pasado amigo,
que no podías respirar?

El pobre pajarito dijo:
Ya no hay comida para nosotros,
confundí un chicle del humano
por un granito de maíz.
La mariposa y la abejita
acompañadas de su nuevo amigo,
caminaron tristes entre la basura
murmurando entre ellos...
¡El final pronto llegará!

Se pierde la conciencia

Vamos a la playa para disfrutar,
todos de diferente manera
¡Quizá!, ver el azul de su profundidad
o escuchar el lenguaje de sus olas.

¡Tirarnos sobre las arenas, caminar en ellas,
sentir el sol para un buen bronceado!
Meditar, reflexionar, soñar,
hermosos momentos en la playa.

Sin embargo, no hay conciencia,
de a poco destruimos su hermosura.
¡Ella no es basurero!, no la llenes de tu basura,
no hay conciencia del daño.

Es necesario imponer multas
hemos olvidado nuestra conciencia,
la disciplina de limpieza está dormida,
tomemos la mano de la cordura.

No hay conciencia de la destrucción
salvemos nuestro mundo,
cuidemos nuestra naturaleza ¡Nuestra vida!

¡Nos estamos quedando sin oxígeno!

La niñez

¿Dónde ha quedado la niñez chapina?
¿Dónde dejaron sus principios?
Todos los valores de nuestros antepasados,
desaparecidos por el camino de los años.

Niños perdidos en las calles del olvido
¿Dónde está el servicio social de la niñez?
¿Dónde está el Sistema Educativo?
¿Cuándo se perdió el amor a la infancia?

¿Dónde quedó el proceso de niño?
Vulnerables, expuestos al maltrato,
marginados en cualquier esquina.
¡Qué poca madre tiene el sistema,
se desconoce una buena labor!

Cuidemos nuestra niñez desde el hogar
son esponjas que todo lo absorben,
volvamos a la enseñanza de los abuelos
¡Buenos consejos, buena educación!

Mutilados están los derechos de la niñez
El Ministerio de Educación "muy bien gracias"
¿Se les olvida que son nuestro futuro?
Son nuestro reflejo ante el mundo,
ellos son… ¡La Nueva Guatemala!

Los ancianos

Avanza la edad también la indiferencia
no hay estatutos de respeto
no hay una promesa de esperanza
todo es estorbo por su aspecto.

Abandonados en su desdicha
sin el socorro de agradecimiento
"solos" en cualquier rincón del mundo
olvidados sin ningún remordimiento.

No hay momentos de alegría
enojos por la falta de memoria
cuerpos arrugados por el tiempo
almas valientes para la victoria.

No hay tiempo para ellos
se volvieron carga pesada
el hijo olvidó todo sacrificio
¡El tiempo devuelve la cachetada!

En su mundo de soledad, de abandono
buscan el alivio en los recuerdos
a la orilla de cualquier cama blanda
buscan su profundo descanso.

Están pacientes a la llegada
de aquella mejor amiga
ella les dará un amplio porvenir
el descanso de esa vida sufrida.

Para ellos todo es negado
son nuestro pasado no se te olvide
no hay conciencia en esta sociedad
¡Flores en la tumba, no los revive!

Rompe la burbuja de la rutina,

toma la seriedad en tus manos,

¡Apodérate de la responsabilidad!

Principios y valores

¿Será difícil entender dos palabras?
¡Principios y valores!
fundamentales en nuestra constitución
que carece en la podrida sociedad.

Son palabras poderosas
que ya no se practican,
los principios de los abuelos
los valores de nuestros ancestros.

Por las calles vaga la ignorancia
padeciendo de principios y valores,
se beneficia el común denominador
reflejados en la aburrida vagancia.

Busca los principios en tus tatarabuelos
no los burles con tus malos hábitos,
busca los valores en tu sangre
no desgastes el buen apellido.

¡Los principios!, tienen sangre en la cara
no se vende ni se regala,
nacen y se reproducen en tu vida
¡Los valores!, se heredan.

Educación

Urge un Ministerio de Educación comprometido
es una necesidad para suplir,
la educación se pierde con el tiempo
los resultados los vemos en la cárcel.

Urge una Reforma Educativa sin lucros
aspectos de enseñanza para el presente,
¡Sin huelga!, ni perdedera de tiempo.

Urge un panal de avispas
para avispar la enseñanza,
una educación esencial
con objetivos reales.
Educación en toda la extensión de la palabra.

Sin perder el hábito de educar
se necesitan maestros de corazón,
segundos padres con autoridad
responsables por el futuro guatemalteco.

Una buena educación no sólo son letras
son palabras de los padres en cada casa,
es corregir desde el vientre
educar con sabiduría, amor y paciencia.

Sistema Educativo, padres y maestros
obligados a forjar grandes ciudadanos,
desde la zona rural hasta la ciudad
no pierdan el derecho a educar con inteligencia.

La crisis

La crisis en Guatemala va de mal en peor
parece la época de las cavernas,
en mi querido Malacatán no hay electricidad
volvemos a las candelas ¡A los candiles!

No hay acuerdos para restaurar el servicio
solo un contrato de privatización.
¡Ambición de un antiguo gobernante,
mi pueblo sufre su mala decisión!

Volvemos al retraso de cien años
¡La diferencia!, que otros son los millonarios.

Gracias a los vendedores de Patria,
el refri es un adorno más ¡Sobra en la casa!
Ya no es tan útil sin electricidad.

En mi Pueblo Malacatán
¡Se paralizó el enojo!

El agua llega cuando se les da la gana
los sordos se hacen los mudos,
los mudos se hacen los sordos.
¡Ante tanta injusticia! Murmurar no es suficiente.

Literalmente hay que abrirles los oídos
¡Gritar a una sola voz!, para romper tímpanos,
actuar con dignidad, para hacer hablar verdades.

Gente muere en los corredores de los hospitales
no hay camillas ni medicina que dar.
las escuelas carecen de escritorios,
el ministerio de educación reduce las materias
¡El arte ya no les interesa!

Cada año perdemos pedazos de la educación
en cada paso ¡Retrocedemos!
el gobierno distrae al pueblo con su comedia,
¡No tiene madre!, con sus faltas a la patria.

¡Votar es un derecho y
deber cívico de todo ciudadano para hacer la diferencia!

Desalojo

La crueldad se ha apoderado de mi país
no hay compasión por el más necesitado,
se ha muerto el amor al prójimo.

Los niños lloran de hambre ¡De frío!
Las madres desconsoladas sin hogar,
los valientes trabajadores de la tierra
¡Desgarran sus vestiduras!

La miseria de codicia carcome el alma
la bondad se desaparece cada día,
no hay misericordia ante el despojo.

Qué vergüenza de algunos en mi país
¡Hieren al más vulnerable sin piedad!
Ultrajan los valores y principios.

Mi corazón entristecido ¡Quebrantado!
desea proteger a su pueblo herido,
solo me queda fuerza para gritar,
derramar mi llanto de coraje.

Les digo a estos despistados monstruos
que la ira de Dios es más grande,
no se quejen de su desventura
cuando les llegue el castigo divino.

Cambiar no es fácil

Cambiar un congreso podrido
es como la fruta en el basurero,
sacar la semilla sería mejor
¡Volver a sembrar!
Cambiar desde el origen de la creación
sería más fácil,
ya no hay respeto ni amor
ya nada mejora las mentes viejas.
Cambiar de presidente
es igual que mover a un reo de cárcel.

Nada cambia de color
hay que demoler y hacer nuevos planos,
¡Nuevos cimientos!
Cambiar una nación infectada
es como una epidemia,
¿Dónde inició la corrupción?
Nadie sabe, solo acusan.

Cambiar las mañas del ladrón
¡Será difícil rehabilitar!
No lo corregiste cuando era niño,
cuando robó canicas en el mercado.

Cambiar la mala práctica del gobierno
del congreso, es practicar la Constitución,
¡Nadie lo hace, la destruyen a su antojo!

¡El cambio se practica!, inicia desde nuestra casa.

¿Qué ha pasado con mi Guatemala?

¿Qué ha pasado con mi Guatemala?
Mis ojos cada día leen malas noticias,
los amaneceres ya no brillan
¿Qué ha pasado con mi Guatemala?

¿Qué ha pasado con mi Guatemala?
Sus ríos caudalosos ¡Ahora son desagües!
¿Dónde quedó la conciencia de sus hijos?
¿Qué ha pasado con mi Guatemala?

¿Qué ha pasado con mi Guatemala?
Sus lagos van por el camino de sus ríos,
¡La fauna y la flora mutiladas! por la ambición,
poco falta, para quedarnos sin nuestro Tikal.

¡El corazón del mundo Maya agonizando!

¿Qué ha pasado con mi Guatemala?
Está infestada de corrupción y chantaje,
¡Sus héroes! ya no manchan su ropaje
se escondió la justicia y huyó la decencia.

¿Qué ha pasado con mi Guatemala?
Los aires de oxígeno contaminados,
¡Sus calles empedradas! son basureros
¿A dónde se fue la cultura de los ancianos?

¿Qué ha pasado con mi Guatemala?
Ha sido explotada por los extranjeros,
sus hijos se han dormido en sus laureles
su tierra bendita ya no da el mejor fruto.

¿Qué ha pasado con mi Guatemala?
¡Ni ladrones ni corruptos!
Las palabras se las lleva el viento.
El pueblo paga las consecuencias
¡Se ha muerto la esperanza!

¿Qué ha pasado con mi Guatemala?
Sus hijos discuten política y traición,
nuestros ancestros ¡Lloran en sus tumbas!
¡Los valores, los principios!, se escondieron.

¿Qué ha pasado con mi Guatemala?
Su himno nacional no se práctica,
el saludo a cambiado ¡Los tiempos también!

¿Qué ha pasado con mi Guatemala?
Sus símbolos patrios ¡Sólo adornos!
¡La Marimba!, reemplazada por ruido,
¡El chapín!, se avergüenza de serlo.

¡Perdóname patria mía!

La Guatemala que todos soñamos

Quiero volver a tener ¡Un ejemplo de país!
que brille con el respeto de sus hijos,
que no se burlen, sus colores.

Quiero respirar como antes
sin aires contaminados,
bañarme en aguas cristalinas,
¡Cómo antes!, sin desagües.
"desagüe" es lo que ahora son sus ríos.

Quiero caminar por sus parques
sin basura en sus jardines,
sentarme a disfrutar mi domingo
en bancas limpias ¡Sin grafiti!
¡Sin delincuencia, sin maldad!

¡Qué no se te caiga la basura!
existen depósitos determinados,
ensucias tu suelo sagrado.
¡Respeta los letreros!
No los ignores por favor,
¡Hay que hacer la diferencia!

¡Quiero una nueva Guatemala!
¡Limpia!, como sus símbolos patrios,
con líderes consagrados
sin mercado de corrupción.

Sueño con una Guatemala
sin mordidas de vampiros,
¡Libre de cualquier delincuente!
Caminar con seguridad,
disfrutar de sus paisajes ¡Sin miedo!

Sueño con una Guatemala
siendo ejemplo ante el mundo,
sin violencia y amor al prójimo,
¡Sin un gobierno vendido!

Sueño con una Guatemala
¡Cómo las memorias de mis ancestros!
Que no sea visión del pasado
que no sea naturaleza mutilada.

Sueño con despertar una mañana
¡Sin venda en mis ojos!

*"Si tan solo limpiaras lo que ensucias,
habría una gran diferencia".*

El precio de la libertad

¡Guatemala ha sido libre!
Soberana e independiente,
tu manera de pensar no te libera, no te hace libre.
¡Guatemala tiene libertad!
Tu ignorancia te convierte en inútil,
¡Protestas de todo y nada haces!
¡Gritas! detrás de la multitud.

¡Guatemala es libre!
La esclavitud la llevas dentro,
formas parte del grupo traidor
tiras la piedra y escondes la onda.
¡Guatemala ya es libre!
No busques culpables de tu desgracia,
mejora tu vida ¡Edúcate!
Cambia tu pensar y sé ejemplo.

¡Guatemala es libertad!
Nunca ha sido esclava,
no la aturdas con tus reclamos,
¡Libérate de tus complejos!

¡Guatemala siempre libre!
Con ciudadanos comprometidos,
líderes luchando hombro a hombro
¡Sin crítica! ¡Ni obstáculo!
¡Guatemala libre! ¡Libre como el viento,
con su nombre inmortal!

Fútbol guatemalteco

Veo en las calles ¡Aún de terracería!
Con qué pasión juegan nuestros niños
¡Descalzos!, sin afán al qué dirán.

A ellos deberían dedicarles tiempo
solo buscan lucrarse de hijos adinerados
¡Para tener una selección mediocre!

Veo a la juventud mover un balón
sus habilidades sobrepasan los límites,
¡Son los mejores del mundo!
Saben jugar fútbol ¡Sin tomarlos en cuenta!

Nuestro fútbol retrasado y empeorado
los seleccionados no aman su camisola,
juegan por un contrato,
juegan por el nombre, ¡Por la fama!

Nuestro fútbol sin futuro a un mundial
son contados los seleccionados,
que han sudado la camisola ¡Azul y blanco!

Nuestro fútbol debe tener un requisito
¡Amor y pasión, por la azul y blanco!
Buscar en los adentros de la nación,
¡Encontrarán al mejor equipo del mundo!

Nuestro fútbol alcoholizado ¡Intoxicado!
A medio tiempo ya no tienen resistencia,
se dan por vencidos en el primer gol,
terminan siendo goleados y descalificados.

Nuestro fútbol castigado y deshonrado
¡No se dan cuenta que juega Guatemala entera!
Jugamos con ellos y sufrimos,
nos maltratan el corazón de aficionado.

La selección sabe sudar, pobreza de espíritu futbolista.

Aficionado

Los patojos están sudando la camisola
ante los ojos de la afición,
aún con la presión de la crítica
están dando el todo por el todo
¡Sufriendo ante una potencia futbolística!

Emocionan a los corazones aficionados
solo se escucha ¡olé! ¡olé!, se pierde el balón,
¡Empezaron los goles!, no es a nuestro favor.

Se vuelve triste la noche ¡Interminable!,
con otro gol en contra.
¡Duele un gol!, duele un poco más el segundo,
pero un tercero ¡Desgarra el corazón de aficionado!

Rueda la pelota en el segundo tiempo
los aficionados siguen apoyando,
soñando con el gol de la honra.

Con una sola esperanza de consuelo
la afición dolida clama un gol de honra,
¡Los sueños vuelven a desvanecerse!
Se repite la misma historia.

El día del guatemalteco

El día del guatemalteco será
¡Cuándo dejemos de criticarnos!
El día del guatemalteco será
¡Cuándo estemos unidos!

El día del guatemalteco
no es cualquier día,
es para celebrar en grande
celebrar nuestra unión,
celebrar para dignificarnos.
¡El día del guatemalteco
no es competencia,
no es regalar cartones!

El día del guatemalteco será
¡Cuándo paremos de dividir!
El día del guatemalteco será
¡Cuándo nos queramos ver el bien!

El día del guatemalteco será
¡Cuándo aprendamos a sumar, no a restar!
Aprendamos a dar ¡Sin criticar!

El día del guatemalteco
no es cualquier día,
es levantarnos a una sola voz.
El día del guatemalteco será
¡Cuándo nos apoyemos todos!

Estamos lejos por algún motivo, pero sin dejar de luchar por nuestra patria.

Nuestras raíces

Desde que nacemos venimos de una raíz
¡Qué orgullo decir, que soy de Guatemala!
Soy de raíces chapinas ¡Raíces guatemaltecas!

Guatemala eterna ¡Allí he dejado el ombligo!
Allí se encuentran mis raíces,
aquellas que me unen al mundo maya.

¡Nuestras raíces originales!, de belleza natural
abundancia de historia y tradición,
costumbres de Quichés, Cakchiqueles juntos.
Costumbres de ancestros mayas.

¡Mis raíces, tus raíces, nuestras raíces!
Juntos conservemos nuestra herencia,
no perdamos el instinto que nos caracteriza.

No guardes tus colores ni te avergüences
lleva a flor de piel tu raíz de origen,
¡Somos cultura verdadera!
Herederos de patrimonio nacional.

¡Soy herencia de fuerza!, de valentía
¡Soy raíz de héroes independientes!
¡Soy Guatemala ante el mundo!

Conservemos nuestra cultura

Sabemos que nuestros antepasados
sufrieron el despojo de sus tierras,
haciéndolos esclavos al trabajo duro
¡Pero jamás!, les robaron la libertad.

¡Debemos sentirnos orgullosos!
nos han dejado riqueza en tradición,
¡El pasado no se puede cambiar!
No podemos revivir a nuestros muertos.

¡Revivamos sus tradiciones!
Para fortalecer nuestras costumbres,
no para dañarnos entre sí.

Somos herederos de una gran cultura
nos hicieron libres, con sacrificio y orgullo,
¡El precio fue muy alto!

¡Tenemos el derecho!
estamos obligados a conservar,
a cuidar, a proteger ¡El patrimonio!

Nuestra Herencia Maya.

La nueva Guatemala

La nueva Guatemala necesita guerreros
¡Aguerridos con inteligencia!, con cordura,
símbolos de respeto y motivación.

La nueva Guatemala busca patriotas
¡Amantes al azul y blanco!
Sin el vicio a la corrupción.

La nueva Guatemala quiere luchadores
apasionados a cultivar nuestro patrimonio,
¡Sin egoísmo!, ni mentes mediocres.

La nueva Guatemala necesita ¡Héroes!
Que se pongan la capa contra la violencia,
sin miedo, ni cobardía.

La nueva Guatemala busca vencedores
¡Líderes de empoderamiento!
Con voz propia sin contienda.

La nueva Guatemala quiere soñadores
aquellos que no busquen lucrarse,
que tengan corazón y coraje.

La nueva Guatemala necesita unión
busca valentía sin discriminación,
¡Quiere apoyo y respeto a su suelo!

Somos uno

De cualquier parte del mundo somos
con diferentes matices de paisaje,
como punto de encuentro esta nación.

Por el mundo entero sin distinción,
¡Viaja nuestras raíces!, nuestros colores.
Todos somos "Ni de aquí, ni somos de allá".

No hay sangre que tenga otro color,
¡Más que el vivo rojo carmesí!
El mismo que nos identifica como uno.

De cualquier pintoresco rincón venimos,
del planeta que llaman tierra,
mundo de todos, todos del mundo.

¡Somos uno!, sin fronteras,
las líneas solo dividen territorios,
las barreras las marcamos en la mente.
.
Nuestro mundo deber ser
¡Sin ataduras!, sin fronteras,
nuestra actitud nos ha hecho esclavos,
esclavos de nuestra vida ¡De nuestra selva!

Mi huella, tu huella, nuestra huella, dejando por el mundo.

Migrante que regresa

Vuelves a casa desconsolado
tu amargura te envejece la razón,
vuelves con las manos vacías.

Vuelves con ilusiones mutiladas
creaste una fantasía en tu vida,
no contabas con tu regreso.

Vuelves a tu lugar de origen
sin ningún cimiento de consuelo.

Convertiste tu esfuerzo en parrandas
no hay ahorros para tu desdicha,
los tuyos se alegran por verte
tu corazón se desvanece en llanto.

Vuelves sin retorno alguno
se termina el sueño americano,
solo te queda cultivar lo aprendido
¡Gozarte con los tuyos!

El tiempo dará el fruto de lo que se siembra.

El inmigrante

Fuera de mis límites de tierra
ya soy un extranjero ¡Me llaman migrante!
Soy la estampa de otro mundo,
¡Soy migrante!, desde la entraña de mi madre.

¡No tengo lugar seguro!, ni tierra propia
migrante soy desde que salí de mi guarida,
con un costal de angustias y de miedo,
con maleta de sueños ¡De esperanza!
De todo eso, iba cargada.

Inmigrante de lucha, sin perder la perspectiva
¡Estancada en otro terreno!
Con el tiempo ya no recuerdo el objetivo,
se quedó mi sangre atada a esta tierra.

Soy un torrente de nostalgia
añorando volver al rincón de mi infancia,
encallar en los suelos de mi adolescencia.

Inmigrante de sueños perdidos
a menudo no encajo en otras culturas,
¡Se acaba la magia!, se rompe el espejismo.

El valor de la mujer en Guatemala

Sos como el jade en manos extranjeras,
te moldean al gusto de cualquiera.
Sos como plumas de Quetzal,
deberían tenerte en un pedestal.

Mujer Guatemalteca sin precedente,
en cada ciudadano estás presente.
Sos un pilar en tu casa y en la sociedad,
date a respetar en cualquier propiedad.

El valor de la mujer guatemalteca,
no tiene que ser como una hipoteca.
Debe existir en todos los rincones,
un altar de amor por sus dedicaciones.

¡Respeto a su figura! A su conducta,
no tiene que ser por inculta.
¡Valor y amor!, dedica a su arduo vivir,
no agregués más llanto a su sufrir.

Merecedora del galardón güines,
aplaudimos todos sus buenos fines.
Por esfuerzo de amor gratuito,
debemos tener agradecimiento infinito.

Madre inmigrante

Tomaba una decisión con la cabeza fría
los planes se ejecutaban para viajar,
dejaba su bendición, sin parar de llorar.

Con sus manos tomó sus pertenencias
las únicas necesarias para sobrevivir,
sollozaba en el silencio, para no desistir.

El recuerdo lo guardaba en la memoria
la fuerza, en el amor por los suyos,
el dolor de la ausencia, eran murmullos.

Con paso firme y acelerado ¡No se detuvo!
Llevaba sueños en su valija desgastada,
¡Vive en otro mundo atrapada!

Su pesadilla es la ausencia de los suyos
en la distancia, la soledad la arrulla,
se esconde de cualquier patrulla.

Trabaja de sol a sol sin descanso
cumpliendo su juramento para mejorar,
su corazón desgarrado ¡No deja de llorar!

Despierta en la oscuridad de la noche
buscando la cuna que dejó en otro suelo,
grita desesperadamente sin consuelo.

Quiere volver al lado de ellos
su amor de madre lo reclama a diario,
desborda su amor, en servicio voluntario.

Salió de su hogar, de su pueblo, de su tierra
se fue sin irse, aún tiene esperanza,
sufre en silencio, el tiempo avanza.

Sacrificó presencia por bienestar
ellos lo tienen todo, sin preocupación,
¡Ella!, solo fotos, para el alivio de su corazón.

"La distancia me roba momentos contigo"

Deportación

Cada día se torna gris el panorama
las deportaciones han sido un karma,
escapé a esta nación prometida
darle lo mejor a mi familia, a mi vida.

Me persiguen como delincuente
sin averiguar mi historial decente,
me separan de mis hijos, de mi esposo
el sufrimiento es espantoso.

He dejado años de lucha y trabajo
para que otros no estén abajo,
buena crianza a mi generación
no merezco esta deportación.

No tuve tiempo de correr a despedirme
los míos se quedan sin sentirme,
¡Retorno a mi lugar de origen! sollozando
mi correcta conducta no me está ayudando.

¡Todo lo tengo en esta nación,
dejo mi vida, dejo mi corazón.!

El ser humano es tan perfecto con sus imperfecciones.

Mala noticia

Cuando no te esperas una noticia
te cambia la vida de un momento a otro,
no entendemos los designios de Dios
ni el mensaje que envía.

¡Hoy!, soy yo la que no entiende,
la que sufre el dolor de los míos
por la pérdida de nuestro ser querido.

¡Hoy!, mi corazón está de duelo
me embarga la tristeza y el dolor,
siguen y siguen las injusticias en Guate
sigue la delincuencia robando la paz.

¡Hoy!, me dejan sin tu sonrisa
el malo sigue teniendo más fuerza
el inocente paga con su vida,
¡A mí!, me dejan sin tu alegría.

Duele tu repentina partida
duele cuando no era tu hora,
duele ver sufrir a los míos.
Duele más, cuando no hubo un adiós,
no tuvimos el abrazo de despedida.

¡El asesino sigue libre!

La justicia llegará

Aunque mis ojos no alcancen a ver
¡Aquello que muchos esperamos!
Quizá demore otros 40 años,
estoy a la espera del cambio.

¡Hay tantas preguntas! Sin respuestas
tantas respuestas sin causa.
Tanto lodo que limpiar,
hay tanto para reparar.

Mis venas se desangran de impotencia
no puedo remediar el daño profundo,
están arraigados en el palacio nacional
se venden al mejor postor.

No hay sangre con orgullo
solo basura de la codicia,
no hay respeto a la dignidad
solo amor para sus bolsillos.

La justicia llegará algún día
mi voz se ha levantado junto a tu voz,
¡Por nosotros, por nuestros ancestros
por nuestra generación venidera!

Has elegido

Has elegido a un comandante en jefe
hazte responsable de tu voto,
comienza el cambio desde casa.

El pueblo elige según su criterio
no leas solo el encabezado,
lee todo el artículo para opinar.

Te dejas llevar por malos informantes
manipulados por la ignorancia,
los resultados son los mismos.

No avergüences a tu nación
los memes son sólo reflejo,
de la bajeza de tu conciencia.

El pueblo necesita educación
para votar con sabiduría,
para después no sufrir el desengaño.

Tu reflejo lo has elegido votando
ya está sentado en silla presidencial,
salió del pueblo por el pueblo.

No te quejes de tu elección
el daño está hecho por tu voto,
asume las consecuencias de elegir.

Iglesia

La llaman ¡Gran líder de la religión!
¡Aquella más poderosa!
Con billones de euros,
con su propio poderío.
Con tan poco de lo que tienen,
alimentarán a un continente
educarán naciones
habría más medicinas, menos muerte.

Un líder bañado en oro
su ropaje inmaculado,
no puede cambiar al mundo
su vida es solo espejismo.
Las mentes vacías son masas
manejadas para un fin lucrativo,
nada se puede contradecir
cegados por la Fe que predican.

Las iglesias son gobierno corrupto
con las credenciales al día,
tienen licencia para robar tu esfuerzo
¡Tienen licencia para violar!
Los atrevidos a desafiar su mafia
¿Dónde están, dónde han quedado?
¡Los atrevidos a desmantelar su farsa,
aún persiguen su verdad!
¡Viven con la muerte de la injusticia!

(El extremo del fanatismo, pierde la conciencia de la realidad)

¿Me gustaría saber?

¿Me gustaría saber?
Si el pueblo de cada departamento
conoce a sus diputados
¿De dónde salieron, si los tienen ubicados?
¿Me gustaría saber?
a cada cuánto, estos diputados
se reúnen con el pueblo de sus departamentos
dan un informe de trabajo.
¿Me gustaría saber?
Si el pueblo le da seguimiento
a las promesas hechas en campaña.
¿Me gustaría saber?
Si están cumpliendo sus promesas.
A todos esos políticos que solo roban
el pueblo debería buscarlos
¡Darles una buena chichicasteada!,
en el parque de cada cabecera
¡Tal como lo hacen las leyes mayas!,
a sus hijos desobedientes.
¡A ver si no se componen!, decía mi abuela
¿Me gustaría saber?
Si cada departamento actúa con una misma visión
¿Me gustaría saber?
Si cada ciudadano cumple sus responsabilidades.
¿Me gustaría saber?
A dónde se va la riqueza del país.
¿Me gustaría saber?
Por qué todos hablan de todos
no le dan seguimiento a nada.

Me gustaría saber ¿Por qué Guatemala
no es el país más cotizado del mundo?
sí tiene hermosura inexplicable
¡Cultura milenaria!

Me gustaría saber
¿Por qué no hay atención médica adecuada,
por qué no hay medicinas?
Me gustaría saber
¿Por qué hay niños sin hogar
por qué hay niños trabajando en las calles?
Me gustaría saber
¿Por qué la educación se deterioró,
se han perdido los buenos días?
Me gustaría saber
¿Por qué hay hambre y pobreza?
Si Guatemala es abundante.

Me gustaría saber
¿Por qué, el pueblo aún sigue dormido?
¿Por qué pocos pueblos
iniciaron la campaña de limpieza?
¿Por qué pocos hacen el trabajo?
Es necesario:
Limpieza total en la vida personal
limpieza total desde que nacemos
limpieza total desde el hogar
limpieza total desde su colonia
limpieza total desde su municipio
limpieza total desde su departamento
limpieza total en todo el país.

La colonización

La colonización que todos conocemos
la historia a través del tiempo
la conquista y el imperio católico.

Quisieron cambiar nuestra historia
con nombres de otra sociedad
una cultura milenaria, no se puede reemplazar.

A través de generaciones indignadas
se ha mantenido nuestra cultura
se ha resguardado nuestra identidad.

Se apoderaron de nuestra tierra
de nuestra riqueza de nuestros bienes
pero nunca de nuestra herencia.

Nuestros ancestros derramaron sangre
¡No fueron derrotados!, aún prevalecen
¡Somos descendientes de ellos!

Los saqueos todavía continúan
quedaron generaciones de mercenarios,
hambrientos de fama y fortuna
aún la conquista no termina.

Fuimos colonizados de por vida
el imperio católico sigue saqueando,
nuestra generación sigue luchando.

Siguen extrayendo nuestros minerales
siguen adquiriendo ofrendas,
tejidos, contribuciones de todo tipo
el Vaticano, almacenando.

Ya no tienen espacio para guardar,
nuestra plata y nuestro oro.

Dependemos del imperio global
¡De ése!, nadie se ha independizado,
nuestra herencia milenaria
la invierten en el mercado moderno.

Solo nos queda conservar nuestra cultura
nuestros olores
nuestros sabores
nuestros colores.

No perdamos la visión
de nuestros abuelos, de nuestros antepasados.

El resplandor de un espejo ha quedado en el pasado.

La nostalgia es interminable, cuando hay un pedazo de tu vida en otro lugar.

Malacatán

Mi precioso rincón Malacatán
bañándose con aguas del Cabuz,
Cantón San Isidro, hasta Morazán.
Cantón San Juan de Dios, "mi morada"
la posa del guapinol fue mi piscina,
las calles de la cuadra, mi diversión.

Malacatán con sabor a mango
mirador del Tajumulco, del Tacaná,
borde con los hermanos mejicanos.
Sus costeñas hermosas, sus costeños trabajadores,
¡Un pueblo de brazo abierto!

Malacatán de mis recuerdos
la escuela de niñas, donde estudié
también la de varones, la mixta,
los colegios y el I.N.M.E.B.

Malacatán caluroso, ¡Con olor a café!
Los atardeceres de aguacero, con rayos y centellas
refresca las tardes de verano.
Malacatán de mis amores, ¡Perdida en otro suelo!
Añorando mi regreso.

Remonto mi memoria a los tiempos de la escuela,
¡Recordar a los compañeros!, adultos ahora.

Las travesuras para escaparnos,
a un partido de baloncesto,
cortar mandarinas sin permiso
en los terrenos de doña Lalita.
Bañarme en el río Nicá,
ir de rumba a San Pedro en la Tacaná.

Los corredores de la escuela
la mesa para la partida de Jax,
el parque con sus pintorescos colores
era el paseo de vacaciones.
El mercado lleno de olor, color, sabor,
de la mano me llevaba mi abuela.

Malacatán de mis recuerdos
ahora los tiempos han cambiado,
se ha modernizado ano tras año
¡La Ceiba ha prevalecido!
Los colazos se realizan en Tuc-tuc
sin faltar la delicia de la media cena.

Malacatán con sus colores cálidos
con gente de sentimientos puros,
matices de arcoíris después de la lluvia.
El caspirol, el cushin, la paterna,
¡El costeño sabrá de qué le hablo!

La chincuya, el papause, el zapote,
frutas exóticas, están en mi memoria.
Los frescos de nance, de marañones
apropiados para calmar la sed.

¡El panadero!, por las tardes
¡El nevero!, todo el día sonando su campanita,
el trabajo todo artesanal.

¡Malacatán!, donde dejé el ombligo.

Caldo de quishtán, de tepejilote,
chipilín y hierba mora, no faltaban en mi mesa
necesarios para curar mi anemia.
El wishnay con el chiltepe,
mezcla perfecta para el chirmol…

¡Ahhh!
¡Qué recuerdos más sabrosos!

Mi eterno suspiro...

La choca

Tentativamente era mi fortuna,
25 centavos de Quetzal, "una choca"
suficiente para el recreo en mi época.

La choca, moneda chapina
actualmente devaluada
pero incalculable su valor sentimental.

Tener una choca en mano, por aquellos tiempos,
era la fortuna de cualquier niño
podía comprarse un tortrix
una tiky o quizá un cuquito.
¡Montones de galguería!

¿Cuánta fortuna en una choca?
Una moneda significativa
con la cara de nuestra raíz,
de nuestra cultura
con el rostro de la señora de Santiago de Atitlán.

Recuerdos vagan en mi memoria
recuerdos de una niñez feliz
recuerdos que se guardan en el corazón.

¿Cuándo se perdió esa riqueza?
25 centavos de Quetzal
"La choca", como suele llamarse
¡Hizo feliz mi infancia!

Soy Guatemala

¡Yo solo sé!, que soy guatemalteca
muy orgullosa de los multicolores
de los multisabores ¡De los sones!

Soy Guatemala
por donde quiera que camine
¡Soy de la Eterna Primavera!

Soy Guatemala ante el mundo
me identifico
con el estandarte de la cultura maya.

Estoy orgullosa
de haber nacido en el país del Quetzal
de la Monja Blanca
de la Marimba.

Soy heredera de una cultura milenaria
¡Nadie puede prohibirme que baile el son!

Llevo sangre chapina
llena de tradiciones y costumbres
¡Me visto con mis colores!
¡Me calzo con mi esencia!

Mi bandera

¡Mi bandera! de azul, blanco y azul,
representas nuestro cielo, nuestros mares,
mi bandera ondeando libertad.

¡Mi bandera! insignia oficial
simbolizas nuestra independencia.
Suprema representación de Guatemala.

¡Mi bandera! de amor de valentía
no tendrá nombre, quien de ella se burle,
no tendrá suelo para descansar.

¡Mi bandera! eres emblema importante
identidad de fortaleza ¡De orgullo!
Símbolo patrio de amor ¡De justicia!

¡Mi bandera! de azul, blanco y azul
refugio de nuestro escudo nacional,
identificación de todos los chapines.

¡Mi bandera! de poder ¡De triunfo!
¡Ay!, de aquel que intente pisotearla,
su corazón, será desterrado de por vida.

¡Mi bandera!, debe alzarse en toda Guatemala,
fomentemos el respeto que representa
forma parte de historia ¡De cultura!

¡Mi bandera! mi pabellón nacional
¡Ondeas!, donde hay un guatemalteco,
llevas en tus colores nuestro orgullo.

¡Azul, blanco y azul!

La bandera no es símbolo de repudio.
Ponerla de cabeza o modificarla para protestar,
no alivia la injusticia...
Sería mejor poner de cabeza a quien la cause.

Guatemala mía

¡Guatemala mía!
Llena de atractivos colores
reflejados en tus volcanes,
montañas y valles

¡Guatemala mía!
Bañada de mares,
de lagos de ríos.
¡Tu belleza es sin igual!

Acentuada de luminosidad
por tu cielo azul celeste,
siendo bendecida
con la benevolencia de tus climas.

¡Guatemala mía!
Con interminables suspiros,
te alcanzo con mis ojos cerrados.

Tus pupilas son el lente de la cámara que llamamos
¡alma!

Mi eterno príncipe azul (Abel)

Mi príncipe azul, creció en mi vientre
nueve meses estuvo en formación,
se alimentó de mi sangre
lo formé a base de amor.
Mi príncipe azul, nació de mí,
lo eduqué desde su primer movimiento
recibió las mejores atenciones.
¡Nueve meses duró!, la primera etapa de educación.

Mi príncipe azul, lleva mi sonrisa
¡Es un caballero!, en toda la extensión de la palabra,
tiene valores y principios,
forjados desde mis entrañas.
Mi príncipe azul, tiene mi mirada,
tan honesto, tan íntegro, de buenos modales.
Su infancia se llenó de respeto
corregir sus errores no hizo falta.

Mi príncipe azul, tiene cordura,
está lleno de amor al prójimo
no hace falta pedir su ayuda,
en su sangre lo lleva, como armadura.
Mi príncipe azul, es mi hijo
moldeado a mi semejanza,
ha sido el reflejo de mis ojos
es un educador por herencia.
¡Mi príncipe azul, mi orgullo,
mi estandarte, mi generación!

Mi príncipe azul eterno (Julian)

Mi príncipe azul, nació de mí
lo eduque desde su primer movimiento
recibió las mejores atenciones,
nueve meses duró, la primera etapa de educación.
Mi príncipe azul, lleva mi temperamento,
fuerte y firme, cuando es necesario,
dulce como la miel ¡Callado por naturaleza!
Tiene valores y principios, forjados desde mis entrañas.

Mi príncipe azul, tiene mis manos,
delicadas para una caricia, ásperas para el trabajo duro.
Mi príncipe azul, tiene mis pies
paso acelerado para ser puntual,
guarda en su memoria la buena crianza.
Mi príncipe azul, tiene sabiduría,
tan íntegro, tan honesto, de buenos modales,
su infancia se llenó de respeto
no hizo falta corregir sus errores.

Mi príncipe azul, es inteligente
batea ideas para la humanidad,
no cabe duda que, hijo de tigresa... ¡Tigrillo!
Mi príncipe azul, es mi hijo
moldeado a mi semejanza
ha sido el reflejo de mis ojos,
es un creador de ideas, por herencia.
¡Mi príncipe azul, mi orgullo, mi estandarte,
mi generación!, el segundo gran amor de mi vida.

Ya no estás

Ya no veo tus ojos pizpiretos
ojos alegres, que me decían "te amo"
los cerraste en un triste adiós.
Ya no veo tu amplia sonrisa
sonrisa coqueta, cuando yo llegaba,
solo me ha quedado el recuerdo.

Ya no escucho tu voz angelical
voz dulce cuando pronunciabas mi nombre,
solo guardo el eco de tus palabras.
Ya no siento tu aliento fresco
aliento que daba vida a mis días muertos,
estoy en el vagón de la tristeza.

Ya no tengo quien me bendiga
me bendecías en todo momento,
solo doy gracias por haberte tenido.
Ya no te tengo en vida "madre amada",
me has dejado huérfana con tu partida.
¿Qué hago sin ti, qué hago sin tu presencia?

¡Madre! Hoy te reclamo más que antes
hoy te lloro porque te necesito,
hoy te amo más que nunca.
¡Madre!, te fuiste a descansar,
estás dormida, no te despertaré.
Gracias por tu amor incondicional,
el único más grande que he tenido.

Árbol del tiempo

Árbol del tiempo fuiste
dejando en cada rama tu apellido
con raíces profundas y sólidas
buena cosecha es tu familia.

Árbol del tiempo fuiste
corteza de valor y fuerza
nunca doblegaste tus ramas
ni en la peor tormenta de tu vida.

Árbol del tiempo fuiste
como el roble, de potente
como la Ceiba, de imponente
sin queja, ni quebranto.
Árbol del tiempo fuiste
como el Teneré, en el Sáhara
a veces aislado y solitario
triste por los desacuerdos familiares.

Árbol del tiempo fuiste
mi Secuoya gigante de amor
lleno de historias y leyenda
gigante árbol de mi vida.

Árbol del tiempo fuiste
dejaste un legado en tu familia
soy astilla de tu fuerte árbol.
Regaré siempre tu semilla, cuidaré de tu buen apellido.

110

Te adopto

Con mi propia cordura
con mis siete sentidos activos
te he elegido, como mi familia.

Dios te puso en mi camino
como el héroe de mis tormentos
te has posicionado en el mejor récord.

Has llegado a mi vida
como el símbolo paterno
no hay duda, que Dios es bueno.

Te adopto como mi consejero,
mi guía, mi maestro ¡Mi padre eterno!

Has sido mi apoyo, mi consuelo.

¡Hay personas que sin compartir ninguna gota de tu sangre… son
tu sangre, son tu familia!

Madre mía

En tus entrañas me llevaste
cuidaste de mí, por nueve meses
me llenaste de tu amor y de tu sangre.

¡Madre mía!, en tus entrañas me formaste
moldeaste mi vida a tu manera
me cubriste de tu bendición.

¡Madre mía!, me enseñaste a leer,
a escribir mi nombre con tu apellido
soy dichosa de nacer de tus entrañas.

¡Madre mía!, me educaste desde tu vientre
sanaste mis heridas con tanto cuidado,
estoy agradecida por tu sincero amor.

¡Madre mía!, eres la alegría de mis días
mi fuerza en los momentos difíciles
el apoyo incondicional en toda mi vida.

A pesar de la distancia, estás a mi lado
tu voz dulce alivia mis angustias
mi coraza, hecha por tus bendiciones.

Mis hermanos

Mis hermanos, los que vi nacer
¡Los que vi crecer!
los que vi sonreír, también llorar,
cuatro hermanas luchadoras,
un hermano, ¡El bebé de la casa!

Mis hermanos, los más hermosos
aquellos cinco patojos que amo,
cada uno con una vida diferente.

Mis hermanos, a los que chicoteé un día,
hoy les pido perdón por ello,
mi sangre, mi familia, mis amigos.

Mis hermanos, cada uno son mi suspiro,
cada mañana los añoro,
en cada anochecer los bendigo.

Mis hermanos ¡Ellos son mi orgullo!
mi secretaria, mi señorita simpatía.
Mi contadora, mi exploradora del INGUAT.
Mi chef, mi maestra de cocina.
Mi cosmetóloga, mi nena consentida.
Mi piloto, mi futbolista favorito.

Mis hermanos ¡Mi alma en cada uno de ellos!
Mis amores a la distancia,
sus retoños llevan mi herencia.

Me dejas

Me dejas en tu partida
incertidumbre, una enorme herida,
¡Me dejas desangrando mi corazón!

¡Te marchas!, me dejas este eterno duelo,
yo no encuentro consuelo
te marchas a un lugar de paz.

Mis ojos se han secado
por el llanto que he derramado,
¡Te llevas mis ganas de vivir!

En mi ángel te has convertido
en mi memoria te he revivido,
eso me queda, eso me has dejado.

¡Anda hijo mío!, descansa
aquí nuestra vida avanza,
esperaré el día de volver a verte.

"Tan solo un instante para pedir perdón"

Fruto de juventud

¡Los amores!, los desamores,
nos llevan a muchos caminos
sin percatarnos del daño,
vuelve a unir nuestros destinos.

Se quedó parte de mí
en un nido desconocido,
pasó el tiempo tan rápido
no supe del milagro sucedido.

Enterado estoy de tu existencia
son tantos años sin tí,
muero por verte un instante
que sepas algo de mí.

Solo le pido a la vida
que me dé tiempo a conocerte.
Hoy no te conozco
¡Ya te amo!, quiero verte.

El día que me dijeron que existías
solo pienso en abrazarte,
he llegado a extrañarte interminablemente,
no dejo de pensarte.

Le pido a Dios ver tus ojos
verme en ellos todos los días,
decirte cada día que te amo
eres mi sangre, eres mi vida.

Quiero recuperar el tiempo perdido
pedirte perdón si te fallé,
eres el hijo de mi juventud
a quién quiero y querré.

No te alejes de mi vida
no me dejes en la tristeza de tu ausencia,
dame la oportunidad de verte
quítame esta dolencia.

"Por un momento de placer, atropellamos a la felicidad"

Pinceladas de mi infancia

Estoy sentada frente a mi ventanal
¡Cómo de costumbre!
Tomándome la taza de café y,
escribiendo mis recuerdos de infancia.

Llega a mi memoria los mejores momentos,
era la primer nieta de mi abuelo
él deseaba un varón y fue niña,
la niña de sus ojos ¡Su princesa!

De mi abuela ¡Era su consentida!
Fui su muñequita de porcelana.

Por los corredores de aquella casa,
¡Mi hogar! ¡Mi palacio!
siempre olía a frescura.

¡Olor a café!
Recién hecho en el jarrón de barro,
¡Olor a tortillas!
Recién salidas del comal,
¡Olor a leña!
¡Olor a flores del campo!

Los álbumes de mi memoria,
están repletos de imágenes inolvidables.

Como las tardes de aguacero
con relámpagos y truenos,
sin faltar la voz que decía:
¡No toqués metal, que está lloviendo!
Duerme tu siesta, sueña con los angelitos.

Después de la lluvia,
las calles parecían ríos de chocolate
sus corrientes salvajes,
llevaban barquitos de papel.

¡El atardecer olía a tierra mojada!
Tiempos valiosos que no volverán.

Jugar...
chivo al bote y arranca cebolla,
¡No tiene precio!
Las pinceladas de mi infancia,
son diminutos momentos de mi vida,
que me hicieron feliz.

Hoy solo recuerdo las buenas enseñanzas
las miradas de advertencia,
el silencio,
cuando los adultos hablaban.
Hoy me quedo,
con el beso de buenas noches
con los abrazos de protección
con las carcajadas sin preocupación.
¡Hoy soy feliz!, por la infancia que tuve.

Me gustan los amaneceres,
es como renacer una vez más.

El amor

El amor atrae fidelidad
la fidelidad respeto,
el respeto confianza
la confianza tranquilidad,
la tranquilidad abundancia
la abundancia felicidad,
la felicidad paz ¡La paz atrae a Dios!

El amor es una fórmula
sus componentes son dos,
dos partes iguales de sentimiento
dos partes iguales de interés
dos partes iguales de deseo
dos partes iguales de ilusión
dos partes iguales de confianza.
dos partes iguales ¡Si no, no funciona!

Amar es un reto de dos,
dos almas que se comprometen,
dos corazones enamorados.

El amor es para los valientes,
para los insólitos,
para quienes tienen fuerza infinita,
¡Para los locos!

¡El amor supera cualquier adversidad!

Otoño

¡Otoño con brisa refrescante!
Septiembre para ser más exacta,
¡Levanto la mirada!, me encuentro con tus ojos,
me presento con mi sonrisa.
¡Otoño para celebrar bellos momentos!
Sin embargo, no hay fecha para celebrar,
solo hay sonrisas, miradas a media luz,
conversación sin final a medio terminar.
Me lleno de alegría, saber que existes,
no importa nuestro sufrido pasado,
tenemos un corazón y mil motivos,
nuestras voces... son un motivo.

Soñamos con envejecer de sueños,
como adolescentes en primavera,
en el terreno de la abundancia, ¡De la paz!
Perdernos en el horizonte del tiempo.
¡Otoño para volar alto sin regreso!
Eternizarse en la historia del amor,
que el viento susurre nuestras charlas,
los montes enverdezcan con ternura.

¡Otoño para correr desenfrenados!
desbordados por el tiempo perdido,
calcinados en el aroma del café,
explotando el mismo deseo de vivir.
¡Otoño, no te manches sin un regreso!

Pasa el tiempo

Pasan los minutos,
las horas, los días,
se van haciendo pesados los años.

Pasa el tiempo
sin aliviar la falta de tu presencia
mi único refugio,
tu eterno aposento.

Pasa el tiempo
nuestros hijos crecen,
¡Crece mi soledad de ti!

Me falta tu mirada
en aquel rincón de nuestra casa
el aliento de vida,
en mis días muertos.

Pasa el tiempo
camino al monte de tu descanso,
cierro mis ojos
te imagino a mi lado
con tus cabellos sueltos,
acariciando mis mejillas.

Me falta tu voz
aliviando el cansancio,
al final de la jornada.

Pasa el tiempo
sin detenerse a borrar la tragedia.
Me he quedado solo,
solo con tu recuerdo,
solo con nuestros retoños,
solo con nuestra historia.

¡Quiero detener el tiempo,
volver a verte,
sonreír contigo
amarte en la eternidad!

¡El amor tiene historia después de la muerte!

Gracias tiempo

¡Cinco horas bastaron!
Para que mi alma se enamorara de tu alma.
Cinco horas para destilar suspiros.

Cinco horas para llenar mis ojos de tu mirada,
cinco horas para conocer tantos años de vida.

¡Cinco horas bastaron!, para llenarme de tu presencia.
Cinco horas y el tiempo fue eterno.

Cinco horas que la vida me regaló,
para volver a creer,
volver a amar,
volver a sonrojarme.

Cinco horas quiero
para seguir en esta cápsula de ilusiones.
¡Cinco horas!
Tu ausencia asfixia mi espacio.

"Las almas se reconocen, con solo una mirada"

Nuestra Conexión

Nuestra conexión a ido más allá,
más allá de vernos a los ojos,
desear besarnos.

Nuestra conexión a ido más allá,
más allá de versos y palabras.

Nuestros corazones se han atado,
se han aferrado a un verdadero sentimiento.

Nuestra conexión a ido más allá,
más allá de dedicar canciones,
más allá de ver la luna o las estrellas.

Nuestra conexión a ido más allá,
más allá de rozar pensamientos idénticos,
más allá de ideales, de gustos parecidos.
Se ha despertado el gigante soñador,
se ha encontrado con su identidad gemela.

Nuestra conexión ha quedado sellada,
con el juramento de:
¡Te amo con libertad!
¡Te amo con admiración!
¡Te amo con respeto!
¡Te amo con el alma!
¡Sellado!, firmado en el acta de los afortunados.

No hay infidelidad

No hay infidelidad
¡Cuándo amas con el alma!
Ni de pensamiento,
ni de cuerpo,
ni de miradas.

No hay infidelidad,
tu corazón está lleno,
todo lo acapara el amor sincero.

Tu mente se ha saturado,
solo piensas en el amor de tu vida,
no hay cabida para nada más.

El amor no traiciona,
no miente,
no engaña.

¡El amor es transparente,
se alimenta de suspiros!

La Mujer Que Soy

La mujer que soy
sin cuentos cortos,
ni largas historias.

La mujer que soy
vestida de encaje,
sin perder la sencillez.

La mujer que soy
poeta y escritora,
sin dejar de ser humilde.

La mujer que soy
con tanto por dar,
sin importar el mañana.

En la mujer que soy
encontrarás momentos coquetos,
sin perder la decencia.

En la mujer que soy
encontrarás instantes tímidos,
sin dejar de ser mujer.

En la mujer que soy
encontrarás a la chef,
sin perderse en la cocina.

En la mujer que soy
encontrarás a la romántica,
sin perder la elegancia.

En la mujer que soy
encontrarás mi valentía,
sin perder de vista la lucha.

En la mujer que soy
encontrarás mis ojos,
para verte con amor.

En la mujer que soy
encontrarás mis labios,
para no dejar de besarte.

En la mujer que soy
encontrarás mis manos,
para acariciarte sin tiempo.

En la mujer que soy
encontrarás un corazón,
que sólo quiere amarte.

En la mujer que soy
encontrarás mi mente,
que sólo piensa en ti.

Demente

Quiero en mi vida a un demente
quizá menos loco que yo
y que se vuelva loco
un poco más conmigo.
Quiero que todos los días
me diga con locura lo que es el amor
que se alegre al verme sonreír
que sea locamente feliz
por tenerme a su lado.

Quiero a un demente
que me enamore todos los días
con sus frases locas
con sonrisas, con flores amarillas.
Quiero a mi lado a un loco soñador
que me dedique canciones
que piense en mí en todo momento
y me lo diga en un loco mensaje.

Necesito a un loco como yo
que me enamore con su mirada
y no me deje escapar de su vida.
Deseo a un demente
que quiera conocerme demasiado
y se enamore de mi alma.

Quiero a un loco menos cuerdo
que haga que le escriba poesía
y me pierda en la locura de amarlo.

Deseo a un demente
que me abrace tan fuerte
y me haga sentir segura ¡Sin miedos!
Necesito a un loco perdido
que pueda besarme toda la vida
y no se arrepienta de haberme conocido.

Quiero a un demente
de esos románticos
que quiera detener el tiempo
sólo para volverse loco en mi cuerpo.
Quiero que me proteja
que nunca me dañe
que sólo quiera estar loco por mí.

Quiero a un loco
que quiera soñar mis sueños
que mis alegrías sean sus alegrías.
Necesito a un demente
que le pueda contar mis secretos
y no huya de miedo.

Deseo a un demente
que me desquicie
cuando me haga el amor
y me vuelva cuerda a su lado.

¡Te quiero a ti!
Enamorado de mis locuras
mi loco eterno.

Te Amo Libre

Te amo libre
sin celos, ni reclamos.
Te amo libre
con el deseo de besarte
con el deseo de abrazarte
con el deseo de amarte.

Te amo libre
sin ataduras, ni obsesiones.
Te amo libre
con la ilusión de estar a tu lado.
Con la ilusión de verte siempre
con la ilusión de ser feliz contigo.

Te amo libre
sin presiones, ni prisiones.
Te amo libre
con el sueño de soñar.
Con el sueño de viajar el mundo
con el sueño de envejecer juntos.

Te amo libre
con la confianza en tí
con confianza en mí.

Te amo libre
sin que nada nos perturbe.
Te amo libre
sin retenerte a mi lado.

Índice

Prólogo 3

Significado de la portada 4

Descripción de Voces de la Humanidad 5

Mensajes 7

Agradecimiento y dedicatoria 13

La poeta, así describe Voces de la Humanidad 14

El riesgo 17

La águilas 19

Vuelvo 20

La otra mitad 21

Poeta 22

Tenés que conocerme 23

Fin de año 24

Hay primaveras 25

Vamos a escribir cartas 26

Derechos reservados 27

Frustración 28

Llora alma 30

Mujer Fuerte 31

Alto a tu violencia doméstica 32

Quisiera entender 34

Mujer 35

En vida 37

Te conviene estar solo 38

Tanto es cansado 40

Allí estaba 41

¿Por qué mientes? 42

Despedida del salón 45

Mitómano 46

Mi lamento 48

Crueldad 49

Volcán enfurecido 51

Se quema 52

Tanto alboroto y nada hacen 53

Todo al olvido 54

Extinción 56

Se pierde la conciencia 58

La niñez 59

Los ancianos 60

Principios y valores 62

Educación 63

La crisis 64

Desalojo 66

Cambiar no es fácil 67

¿Qué ha pasado con mi Guatemala? 68

La Guatemala que todos soñamos 70

El Precio de la libertad 72

Fútbol guatemalteco 73

Aficionado 75

El día del guatemalteco 76

Nuestras raíces 78

Conservemos nuestra cultura 79

La nueva Guatemala 80

Somos uno 81

Migrante que regresa 82

El inmigrante 83

El valor de la mujer en Guatemala 84

Madre inmigrante 85

Deportación 87

Mala noticia 89

La justicia llegará 90

Has elegido 91

Iglesia 92

¿Me gustaría saber? 93

La colonización 95

Malacatán 98

La choca 101

Soy Guatemala 102

Mi bandera 103

Guatemala mía 105

Mi eterno príncipe azul (Abel) 107

Mi príncipe azul eterno (Julian) 108

Ya no estás 109

Árbol del tiempo 110

Te adopto 111

Madre mía 112

Mis hermanos 113

Me dejas 114

Fruto de juventud 115

Pinceladas de mi infancia 117

El amor 120

Otoño 121

Pasa el tiempo 122

Gracias tiempo 124

Nuestra conexión 125

No hay infidelidad 126

La mujer que soy 127

Demente 129

Te amo libre 131